JN111782

仏教俳句

大谷 祥瑞
OTANI Shozui

文芸社

この俳句、時々読んで極楽へ

はじめに

約百年前に、本当の仏教を求め、「インド国、シルクロードライン」を探検した大谷光瑞（１８７６～１９４８）第二十二世浄土真宗本願寺派法主。

それにならい、インド・シルクロードを巡ると、現代にもかかわらず、その仏心が生んだ根心の仏教俳句になります。

仏教俳句

世俗諦　諸行無常に因縁果

仏教の空（くう）とは、実体（じったい）、形なき

万物は実体なきで変化する

相対の愚あれば賢あり無限知で

相対を見、根本を知り仏知見よ

大真理仏法理にて極楽へ

厭離穢土欣求浄土を知り求め

十八願誓願いだき極楽へ

無量寿と無量光聞き浄土行

お浄土の存在しりて発菩提心

非極楽、誹謗正法仏なれず

尊、諸経聞其名号心受く

お浄土は不純除去に五百年

お浄土(じょうど)は倶会一処(くえいっしょ)にて極楽土(ごくらくど)

何億光（なんおくこう）、悔（くやみ）て残（のこ）さぬナムアミダブツ

仏教は完全宗教科学信（しん）

善因は善果を生じ上仏行

悪因は悪果を生じ地獄行き

自因自果義務責任の規律あり

衆生の恩　三宝の恩　大仏恩

六波羅蜜、布持忍（にん）精禅智恵（ちえ）涅槃

一切智全ての原料智恵主体

浄土の理知りて信心如実言

仏智より大慈悲生じ極楽へ

法蔵の菩薩の願行で極楽へ

出る息も引く息も又アミダ仏

法蔵の特別願（がん）は四十八（しじゅうはち）

菩薩とはボディサットバ大衆生

禅定はダイヤナといい一心座(いっしんざ)

大慈悲で生まれた浄土仏様

法華経は仏教原理仏原理

法蔵の菩薩立派なり阿弥陀仏

日本人死ねば仏と勘違い

仏には極楽願い行必実

願行は煩悩に通じ即菩提

理を聞きてうたがい去れば極楽へ

シャカりきはこの世に届き諸天まで

報恩に心うごかし人世裡（じんせいり）

光明は智恵力なり諸仏なり

仏心は安心不動無量光

名号は極楽引力　正定業

五重（ごじゅう）の義（ぎ）成就（じょうじゅ）なし得　往生す

他力にて修行完成阿弥陀国

阿弥陀仏出現他力修行せよ

相対理納得をへて第一義

智恵の無き迷いの凡夫(ぼんぶ)名号を

仏説をしっかり求め浄土行

仏力の不可思議求め聞其名号

み仏の恩はからいを尊(とうと)みつ

不思議なる仏縁慈悲の尊さよ

地獄とは苦痛を受ける大悪所

一人仏達っせば九族仏になり

どこいても極楽浄土願い行

偉大なるみ仏慈悲の光業

時きざみ極楽浄土願行(がんぎょう)す

日常に仏のみ名を念じ生き

偉大なる諸仏のみ名と今日も生き

お浄土は大涅槃なり知恵悟り

十方の諸仏歓喜で極楽業

身も心、安楽もとめ浄土行(ゆき)

醍醐味と醍醐楽力仏道

アミダ仏法蔵菩薩卒業を
阿弥陀経ナムアミダ仏で極楽へ

お寺行(ゆき)四万六千祈り仏

阿弥陀仏とは青き色光黄赤光

仏教は大宇宙教科学なり

水晶の玉光如き光明仏

広大な蓮花に座光如来シャカ

ラクダルマ仏教つたえ砂漠行（ぎょう）

六根の眼耳鼻舌身仏道

人間は生老病死願い仏へ

浄土を見、仏に帰る仏三身

本願の三身三信極楽へ

一心は天親菩薩　仏道（ほとけみち）

極楽の黄金（おうごん）求め　心（こころ）行く

光明は仏の智恵で功徳なり

智恵のこと菩薩の智恵と仏(ほとけ)智恵

大宇宙智恵と慈悲にて極楽空

幸福は阿弥陀を願うことわり行

平等の大智大慈悲求め行

法蔵の願力求め安楽国

名号の誓約

一切の衆生の苦とり仏道（ほとけみち）

安楽は如来仏力本願行

五劫思惟観無量寿に浄土拝

仏力の信心・応心極楽へ

三信は真実他力極楽へ

三心で智恵慈悲力確実を

法華経と大無量寿に極楽経

仏教は法華に無量寿極楽経

過去現と未来の仏一乗法

法華経は三世（さんぜ）の教え一乗法

涅槃経一切衆生有仏性

信心と応身以って無量寿経

一乗法（いちじょうほう）、一切経（いっさいきょう）に釈迦（しゃか）諸仏（しょぶつ）

衆生恩、仏の恩で我生きる

一心は天親菩薩仏堂へ

光明は仏（ほとけ）の智恵で功徳うけ

大宇宙智恵と慈悲にて大極楽

幸福は阿弥陀願行（がんぎょう）ことわりを

平安の大智大慈悲ことわり行く

一切の衆生の苦抜く仏道（ほとけみち）

安楽は如来仏力仏道（ぶつりきほとけみち）

五劫思惟（ごこうしゆい）観無量の浄土教

仏力の信心・応身極楽へ

本願は欲生(よくしょう)彼国十八願

三信は真実他力極楽行

三心（さんしん）はプラン、ドゥ、シー確業を

シャカムニは如来釈尊地球仏（ちきゅうぶつ）

醍醐みと醍醐楽法仏道（ほとけみち）

仏教は大、大宇宙の科学なり

阿弥陀仏極楽浄土の如来なり

人間は生老病死願い仏（ぶつ）

各寺院その名が示す諸仏行（しょぶつぎょう）

信心と応身以て大無量寿経

涅槃経、一切衆必生有仏性

過去、現在未来の仏(ほとけ)一乗法

あとがきに代えて

「仏教は宗教に有らず科学なり」（大谷光瑞）

本書は、大谷光瑞農芸化学研究所での学びをもとに、父が創作した科学俳句です。

季語を織り込んだ一般的な五七五の俳句ではなく、大宇宙の真理によって生まれた自由自在の言葉で、仏教を表現することを試みています。

念願だった父の俳句をまとめて一冊の句集にできたことは、息子として望外の喜びです。

仏教俳句として、少しでも多くの方にお読みいただき、愛と感謝とロマンを過去・現代・未来に照らしあわせて、アレンジしていただけたら幸いです。

さあ、一緒に探求していきましょう。

著者プロフィール

大谷 祥瑞（おおたに しょうずい）

熊本県出身。
東京都在住。

仏教俳句

2024年５月15日　初版第１刷発行

著　者　大谷 祥瑞
発行者　瓜谷 綱延
発行所　株式会社文芸社
〒160-0022　東京都新宿区新宿１－10－１
電話　03-5369-3060（代表）
03-5369-2299（販売）

印刷所　株式会社フクイン

ISBN978-4-286-23641-4